JN289377

海があるということは

川崎 洋詩集

水内喜久雄 選・著
今成敏夫 絵

理論社

川崎洋詩集

海があるということは

水内喜久雄選著

海があるということは　もくじ

海がある

ジョギングの唄

愛の定義

表紙・イラスト　今成敏夫

いま始まる新しいいま

いま始まる新しいいま

心臓《しんぞう》から送り出された新鮮《しんせん》な血液《けつえき》は
十数秒で全身をめぐる
わたしはさっきのわたしではない
そしてあなたも
わたしたちはいつも新しい

さなぎからかえったばかりの蝶《ちょう》が
生まれたばかりの陽炎《かげろう》の中で揺《ゆ》れる
あの花は
きのうはまだ蕾《つぼみ》だった
海を渡《わた》ってきた新しい風がほら
踊《おど》りながら走ってくる
自然はいつも新しい

きのう知らなかったことを
きょう知る喜び
きのうは気がつかなかったけど
きょう見えてくるものがある
日々新しくなる世界
古代史の一部がまた塗《ぬ》り替《か》えられる
過去《かこ》でさえ新しくなる

きょうも新しいめぐり合いがあり
まっさらの愛が
次々に生まれ
いま初めて歌われる歌がある
いつも　いつも
新しいいのちを生きよう
いま始まる新しいいま

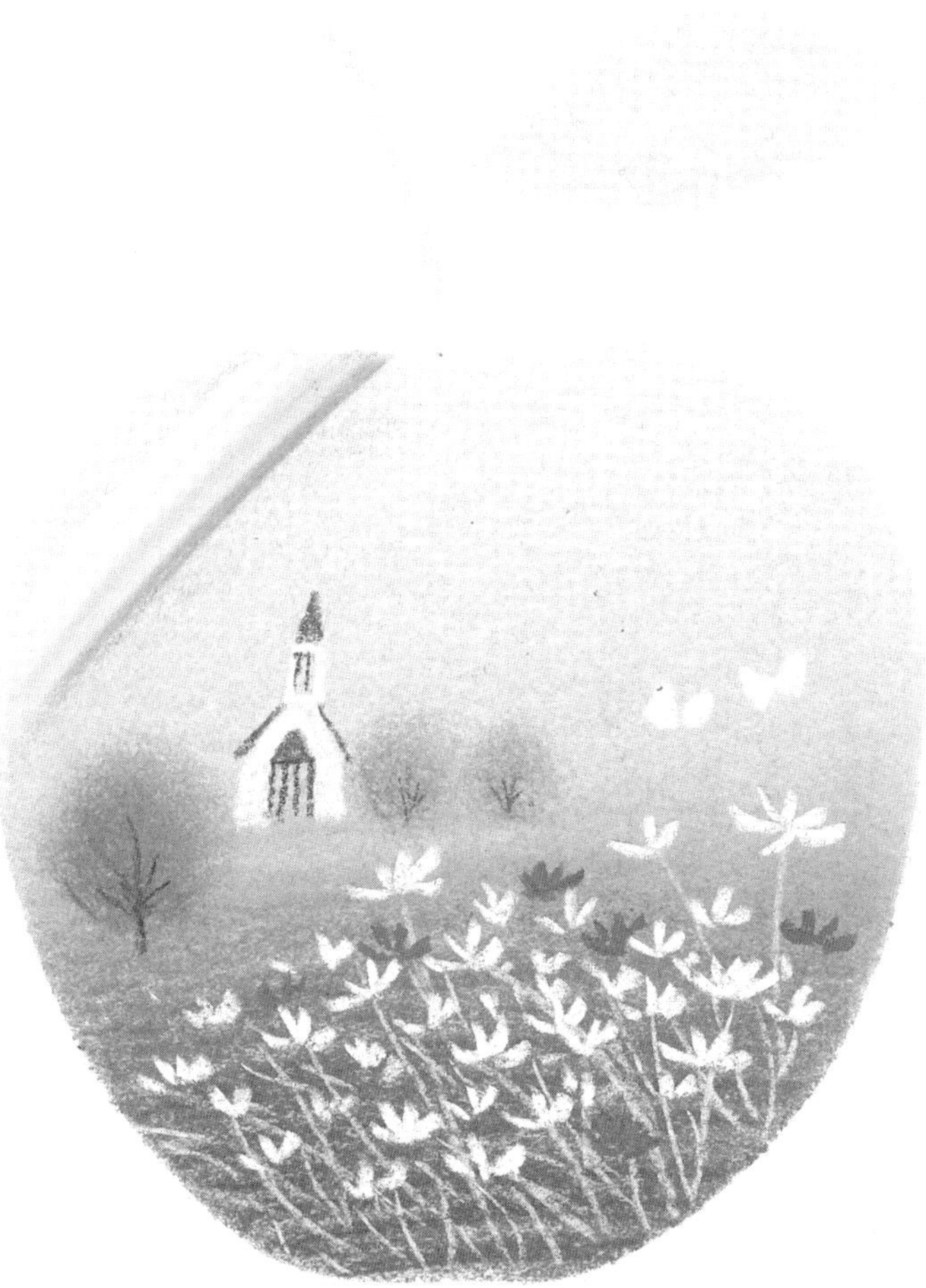

新緑

前頭葉は
脳《のう》の中で最も広い面積を占《し》め
生きようという意欲《いよく》
人間としての一番基本的《きほんてき》なエネルギーを
受け持っている

この部位は
生涯《しょうがい》発達を続けしかも
未完成のまま終わるという

この季節
樹《き》や花や草ばかりでなく
あなたの脳に
新芽が芽吹《めぶ》きつつある

地下水

チーズと発音すれば　笑い顔をつくる事ができます　でも　ほほえみはつくれません　ほほえみは気持の奥《おく》から自然に湧《わ》いてくる泉《いずみ》ですから　その地下水の水脈《すいみゃく》を持っているかどうか　なのですから

めったに笑わない顔があります　でも澄《す》んだきれいな眼《め》をしています　いつも遠くをみつめていて　なんだか怒《おこ》っているような表情《ひょうじょう》です　しかし彼《かれ》は怒っているのではありません　地下水の水脈に水を溜《た》めている最中なのです

水が満たされて　彼がほほえむのはいつの事？　誰《だれ》に対して？
たぶん　そのために　明日《あした》があります

祝婚歌《しゅくこんか》

見えてくる
くっきりとした水平線
見えてくる
それはまだとてもぎこちない仕草だけど
あさぐろい手と
少しふるえている白い手との交叉《こうさ》
見えてくる
新芽のすかしの入った赤《あか》ん坊《ぼう》
親しい食器
だまっている時間

せっけん箱
光りのない時代だけど
たくさんのものが
今日から見え始める
今日は
その一番最初の日
初めの日

これから

これまでに
悔《く》んでも悔《や》みきれない傷《きず》あとを
いくつか　しるしてしまった
もう　どうにもならない
だが
これから
どうにかできる　書きこみのない
まっさらの頁《ページ》があるのだ
と思おう
それに
きょうこの日から
いっさいがっさい　なにもかも
新しくはじめて
なにわるいことがある

はくちょう

はねが　ぬれるよ　はくちょう
みつめれば
くだかれそうになりながら
かすかに　はねのおとが

ゆめにぬれるよ　はくちょう
たれのゆめに　みられている？

そして　みちてきては　したたりおち
そのかげ　が　はねにさしこむように
さまざま　はなしかけてくる　ほし

かげは　あおいそらに　うつると
しろい　いろになる？

うまれたときから　ひみつをしっている
はくちょう　は　やがて
ひかり　の　もようのなかに
におう　あさひの　そむ　なかに
そらへ

すでに　かたち　が　あたえられ
それは
はじらい　のために　しろい　はくちょう
もうすこしで
しきさい　に　なってしまいそうで

はくちょうよ

どうかして

樹《き》
なんとかお前に交わる方法はないかしら
葉のしげり方
なんとかお前と
交叉《こうさ》するてだてはないかしら

鳥
お前が雲に消え入るように
僕《ぼく》がお前に
すっと入ってしまうやり方は
ないかしら
そして
僕自身も気付かずに
身体《からだ》の重みを風に乗せるコツを
僕の筋肉《きんにく》と筋肉の間に置けないかしら

夕陽

教えておくれ
どうして
坂の上に子供達《こどもたち》が集まって
おまえを視《み》るのか
どうして
子供達は
小さな頬《ほほ》の上に忙《いそが》しく手を動かして
まるで
夕陽をそこにすりこむようにして
其処《そこ》に
歌かおしゃべりか判《わか》らない喚声《かんせい》が
渦《うず》を巻《ま》くのか

日の暮《く》れ方を教えておくれ
森の色の変り方を
蜻蛉《とんぼ》の羽の透《す》きとおり方を
土のしめり方を
粗《あら》い草の匂《にお》い方を
教えておくれ

動物たちの恐《おそろ》しい夢《ゆめ》のなかに

犬も
馬も
夢をみるらしい

動物たちの
恐しい夢のなかに
人間がいませんように

にじ

にじが　かかると
みんな空をふり仰《あお》ぐ
そのとき
はんたいがわの空に
すらりと
白一色の　にじが　でる
のを
だれも知らない
わたしも
知らない

木々の枝《えだ》が風に揺《ゆ》れている

木々の枝が
風に揺れている
その土地の言葉で
存分《ぞんぶん》にしゃべり合っている人々のよう
わたしはわたしの言葉で
こんなにざわめくことが出来るか

木々の枝が
風に揺れている
風がやんだら木はつまらないだろう　と
子供《こども》は言う
先日台風が来たとき
もっと吹《ふ》けもっと暴《あば》れろと叫《さけ》んだわたしは
その子供を笑うことは出来ない

木々の枝が
風に揺れている
そうやって
風に物語を描《か》き込んでいるのかもしれない
それを読むのは川や海の波頭だろう

木々の枝が
風に揺れている
たったいまわたしは
木と風の現場《げんば》に立ち会っている
木と風という言葉をすっかり忘《わす》れて
生まれて初めてのように
たたずみたい

木々の枝が
風に揺れている
意味を伝えようとするでなし
感情《かんじょう》を表そうとするでなし
さりとて独《ひと》り言《ごと》でもない
だんだん　わたしは　おまえに
似《に》てきたようだ

海がある

海

訪《おとず》れた夏をむかえて
海は
光の祝祭のような
きらめく銀の波でこたえる

あなたは
ゲーテのこんな言葉を
思い出さないか？
〈人間は海のようなものだ
それぞれ違《ちが》った名前を持っていても
けっきょくは
ひとつづきの塩水なのだ〉

海

海　というとき　私《わたし》は
朝の静かな砂浜《すなはま》のそれを真先《まっさき》に思い浮《う》かべる
ぱたり　ぱたり　とひるがえっている波が
その限《かぎ》りない繰返《くりかえ》しが
海を思い浮かべないときに
全くあずかり知らぬ間《あいだ》に
私を癒《いや》してくれている
ということがあるかも知れぬ

海

海へ行こう
濡《ぬ》れた砂《すな》を踏《ふ》み
ヒトとして濃度《のうど》が薄《うす》まるのを
感じていよう
波があとからあとからざぶざぶと
からだを通り抜《ぬ》けていくにまかせよう
自身をさらすのでもなく
さらされるのでもなく
ユメでもゲンジツでもない時間のなかに
たたずむともなくたたずんでいよう
無為《むい》とか有為とかは

もう考えの外《ほか》
魚たちの名前もすっかり忘《わす》れて
自分がだれかさえとうに忘れて
忘れたことさえ忘れて
すると海は
ふと思い出させてくれるかもしれない
せっせと尻尾《しっぽ》を振《ふ》っていた時の感じとか
エラ呼吸《こきゅう》をしていたころの気分とか
鳴くための浮《う》き袋《ぶくろ》の襞《ひだ》のふるわせ方とか
海から陸に住み替《か》えるか
なんて考え始めたころのこととか　さ

遠い海

二億五千万年続いたものの　五千万年前にすでに絶滅《ぜつめつ》したとされていたシーラカンスが発見されたのは一九三八年である

場所は南アフリカ共和国のイーストロンドン南西三〇キロの沖合《おきあい》四キロのところ　水深七〇メートルに入れたトロール船の網《あみ》に入っていた

海岸に立ったヒトの眼《め》と水平線までの距離《きょり》はざっと五キロだから　生きている化石といわれるシーラカンスは　海岸から見える海の中の　たかだか七〇メートルのところを泳いで

いたということになる
だったら　遠い海のどこかに　われわれの知らない前世紀の生物が生息していて不思議はないだろうではないか
ヒトはロケットを飛ばして月の表面に降《お》り立ち　石を持ち帰ったりして月のことを精《くわ》しく調べた
ところが足もとの海の中のことは月ほどには判《わか》っていない　海は月よりも遠いのだ
海にはヒトがまだ出合ったことのないサカナがたくさんいて　その種類は既知《きち》のそれの二倍にのぼると推定《すいてい》されている
つまりわれわれは　月にウサギがいないことは判ったが　地球の海に未知のどんな生物がいるか　まだ探《さぐ》り得《え》ていないというわけだ

海がある

海があるということは
夜になっても仄《ほの》かな明るさを残す水平線が
あるということ
ふるさとのもうひとつ向うにある
ニンゲンの始源《しげん》の生まれ故郷を
いつも見晴るかすことができる
ということ
朝の渚《なぎさ》で
土製の小さな朱色の耳飾《みみかざ》りを揺《ゆ》らし
拾った貝を
カズラとシダの茎《くき》で編《あ》んだ籠《かご》に入れている
縄文《じょうもん》の少女達を思い描《えが》くことができる

ということ
千々に砕《くだ》かれて波に光る太陽を見て
向日性《こうじつせい》にこそ生の証《あかし》を求めようと
うなずくことができる
ということ
海があるということは

海をみている

現実《げんじつ》に
めざめている
という
それから
夢《ゆめ》をみている
ともいう
だったら
もうひとつ
海をみている
と　いってもいい
と思う

起き上がって
また
海をみる
海と呼《よ》ばずに
気障《きざ》ではあるが
広いやすらぎ　なんて
呼ぼうか
海よ　といわずに
広いやすらぎよ
なんてさ

暮《く》れかかってきて
雲の切れ間から
ななめに

光の柱が二本
かなたの海面に入っている
あれは
昼間
水の中にさしこんだ光が
空へ還《かえ》るのだろう

海で

今年の夏　ついこのあいだ
宮崎《みやざき》の海で　以下のことに出逢《であ》いました
浜辺《はまべ》で
若者《わかもの》が二人空びんに海の水を詰《つ》めているのです
何をしているのかと問うたらば
二人が云《い》うに
ぼくら生まれて初めて海を見た
海は昼も夜も揺《ゆ》れているのは驚《おどろ》くべきことだ
だからこの海の水を

びんに入れて持ち帰り
盥《たらい》にあけて
水が終日揺《ゆ》れるさまを眺《なが》めようと思う
と云うのです
やがて　いい土産《みやげ》ができた　と
二人は口笛をふきながら
暮《く》れかける浜から立ち去りました
夕食の折
ぼくは変に感激《かんげき》してその話を
宿の人に話したら
あなたもかつがれたのかね
あの二人は
近所の漁師《りょうし》の息子だよ
と云われたのです

少女の海

少女は
たくさんの海を持っています
たとえば
眼《め》の中に　暮《く》れなずむ水平線を
たとえば
髪《かみ》の毛の中に　揺《ゆ》れやまぬ波を
たとえば
尖《とが》った肩《かた》に　貝殻《かいがら》のにおいを
たとえば
耳の中に　遠い潮騒《しおさい》を
そして　やがて訪《おとず》れるはずの
月ごとの満《み》ち潮《しお》と引き潮を

ジョギングの唄

こもりうた

あかんぼは
うすめをあけて
うわめづかいなど
するもんじゃない
ねむりなさい

ここはおやじとおふくろに
いっさいまかせて
わるいやつがきたら
とうさんとかあさんが
ちゃんとしまつをつけてやるから
ねむりなさい
すこしぐらいいびきかいたって
やっときこえるぐらいの
いびきなんだから
えんりょすることたない
ねむりなさい

抹殺
まっさつ

両親がいて
わたしは生まれた
それは祖父母《そふぼ》がいてのこと
さらには曾祖父母《そそふぼ》がいてのこと
そうやって十代さかのぼると
両親を始めとする先祖の総計《そうけい》は
一〇二四人となる
この中の一人が欠けても
今のわたしはいなかった
戦争は
「この中の一人」を殺す
いや一人だけではない
未来の数え切れないいのちを
抹殺する

五月

夜になると大きな星が流れましたね
実に大きな星なので
その星の舟《ふね》や木が
燃《も》えながら
星と一緒《いっしょ》にまわっているのが
まざまざとみえる程《ほど》でした

それらにまじって
時折
眼《め》をつむった操縦士《そうじゅうし》を乗せて
戦闘機《せんとうき》が落ちてきましたね
僕《ぼく》たちはといえば毎日
蛇《へび》の子供《こども》のことや
こするとよい匂《にお》いのする風防《ふうぼう》ガラスの
かけらのやりとりに夢中《むちゅう》でした

あの舟足の速かった僕たちの船
すてきに漕《こ》ぎよかった褐色《かっしょく》の櫂《かい》たち
今でもそれは
あの海岸の砂《すな》の上に転がっているのですか
僕たちが漕ぐと
いつのまにか船が船から抜《ぬ》け出して

船の抜けがらだけが
千の波を激《はげ》しくめくりながら
海をかすめて飛ぶような感じでしたね

飛行服のまま
君の家に一寸立寄《ちょっとたちよ》った君の兄さんが
見えない弦《げん》が張《は》られている
牛の角のたわみを両手で握《にぎ》りしめ
その色つやのよい牝牛《めうし》の身体ごしに
五月の海を見ていたのが
昨日のことのように思い出されます

いい人が沢山《たくさん》死んでしまったのだ

こちら側と向う側

柵《さく》っていったい何ですか
柵のこちら側と向う側だなんて
ああ可笑《おか》しい
棒杭《ぼうくい》の一本一本に
どんな意味があるんですか
並《なら》べて土に打《う》ち込《こ》めばいいと思ってる
そうすりゃ
つながったような感じがするんですか
どうかしてやしませんか
何かのおまじないですか
柵って何ですか

柵のこちら側と向う側だなんて
元来すうっと歩いていけばそれでいいのに
どうってこともないのに
柵だなんて
そればかりじゃない
柵のこちら側では喜びが
向う側では悲しみだなんて
すうっと歩いていけば
ただそれだけの話だったのに
柵があって
向う側へ行けば殺されてしまう
なんて
柵ってなんですか
こちら側から向う側へ行けないなんて
そこの所でこちら側へ廻《まわ》れ右

向う側も
こちらを向いて歩いてきて
そこの所で
くるりと向うを向く
しようがないなあなんていいながら
柵ってなんですか
草や木が生えているのっぺらの大地に
そいつがあって　それで
こっち側と向う側
だなんて
棒杭が並んでいて
それに針金《はりがね》が絡《から》まっていて
同じ位無雑作《むぞうさ》に
死体が絡まっていて
向う側とこっち側

向うで
出ていけ
が
こっちでは
やあいらっしゃい
だなんて
柵っていったい何ですか
柵のこちら側と向う側だなんて

許《ゆる》しましょうソング

許しましょうああ許しましょう
シルバーシートに座《すわ》ってる
若《わか》さ眩《まぶ》しいあなた達
タヌキ寝入《ねい》りか瞑想中《めいそうちゅう》か
あるいはほんとに夢《ゆめ》の中？
まあ見りゃあ分かるけど
許しましょうああ許しましょう
小さい時からあなた達
走り回れる広場なく
大声出せる野原なく
御料《ごりょう》牧場ならいざ知らず
無農薬の野菜なく

よほど遠くへ行かなくちゃ
すきとおった海もなく
すぐそばに
アユが光る川もなく
深呼吸《しんこきゅう》しようにも
まっさらさらの空気なく
ふみしめる土の道もなく
香《こう》ばしい森もなく
遊ぶ時間もあまりなく
せっせと納《おさ》める厚生年金保険料《こうせいねんきんほけんりょう》
老後にまるまる返ってくる保障《ほしょう》なく
歯ごたえのある食べ物も
まあ随分《ずいぶん》と少なくて
すっぱいリンゴも少なくて
合成保存料《ごうせいほぞんりょう》なんてもの

入ってないジュース少なくて
バイオでつくった夏レカン
同じくポマトにセレタスだ
もしも植物のイノチから
復讐《ふくしゅう》を受けるとするならば
受難《じゅなん》の世代はあなた達
あああなた達
知っている同士だと
よくもまあああんなにも
ピーチクパーチクヒバリの子
ところが知らない同士では
だんまりむっつりお地蔵《じぞう》さん
ちょっとした挨拶《あいさつ》言えなくて
あれじゃストレスたまるだろ
星もあんなに少なくて

年をとってもあなた達
あのシルバーシートには
ますます座らせてはもらえまい
それもまあ
そこまで生きることが
できればの話だが
ああだったらいまのうち
シルバーシートに座りなさい
年寄《としよ》り立たせて座りなさい
許しましょう
ああ　許しましょう

走る

世の中
なにがいったい正しいことなのか
断言《だんげん》するとなると　ためらってしまう

ただ　はっきりしているのは
力の限《かぎ》り走って
走って走って
走り抜《ぬ》いて
土の上に転って
閉《と》じた瞼《まぶた》の裏《うら》に
空の青が透《す》けて映《うつ》ったときの
あの　いい気持

馬力はもうひと雫《しずく》も残っていないのに
心は存分《ぞんぶん》に充電《じゅうでん》されてずしりと重い
あの気持

これだけは間違《まちが》っていない　と
うなずけるのだ

サッカー

アカンベエをしてみると
まぶたの裏《うら》がまっ白な歳《とし》
若者《わかもの》——という呼《よ》び方に
まず反発する歳

論理《ろんり》は
なによりも
反発するキック力に
大きく支《ささ》えられている歳

怒《おこ》った顔が美しい歳

これからどこへでも行ける歳
もしかしたら
太陽系《たいようけい》の外へさえも

ジョギングの唄《うた》

おれは常套句《じょうとうく》を愛する
すなわち
〈自分の歩幅《ほはば》で〉
というやつだ
および腰《ごし》の知性《ちせい》なぞ
古い運動靴《うんどうぐつ》のように打《う》ち捨《す》てて
わっしょい

人は
よりよい明日をつくり得《う》る
と
意地でも思いこんで
わっしょい

心臓《しんぞう》から押《お》し出された血が
ふたたび心臓にもどるのに
18秒しか　かからぬそうな
寸刻《すんこく》ごとに
新しいのだぞおれは
わっしょい

おれの生き方は
こうなのだ
こうなのだ
こうなのだ
と確《たし》かめながら
いとしい地球を踏《ふ》んで行くのだ
わっしょい

筋肉
きんにく

骨《ほね》は無数の筋肉にとり憑《つ》かれて生き生き
している
これが「少女」などとつぶやくのか
むらさき・赤・きいろ・青のごちゃごちゃ
これがスリラア書いたり寿司《すし》つまんだり
するのか
魚が折り重なったような筋肉達
これが中距離《ちゅうきょり》シュートなんかするのか
のびちぢみする臓物《ぞうもつ》のぬるぬるの隣合《となりあ》わせ
これが　さみしくなったりするのか
小袋《こぶくろ》が彼処《あそこ》に此処《ここ》に
これが木乃伊《ミイラ》を研究したり
マンドリンはじいたりするのか
腹《はら》が減《へ》った俺《おれ》は
蟹《かに》を喰《く》おう　ばりばり噛《か》んで喰おうよ

老年について

年をとった美しい森で
生まれて初めて
詩を書いてみたい

そのあとで
渇《かわ》いているからおいしい
というのではない水を
一口飲みたい

生きてることが
岩の間から

清水が湧《わ》いている
というふうであれ
という祈念《きねん》

肉体の愛についても
たしかに
二〇代の頃《ころ》より
熟《じゅく》してきているのだから

決して決して無理でなく
ふいに思うのだが
齢を刻《きざ》むことが
何かを失っていくというのは
肯定《こうてい》できない

愛の定義

ことば

山という字を描《か》いてみせ
川という字を描いてみせ
山という字は山そのものから
川という字は川そのものから
生まれたのですよ
と説明すると
横文字の国の人々は感動する

このあいだ　岡山《おかやま》で
〈ひぐらし〉を
〈ひぐれおしみ〉と呼《よ》ぶ人々がいる
と知って胸《むね》が鳴った
人を打つことばが日本のことばの中にある
そのことに
日本語の国に住む私《わたし》は感動する

美の遊び歌

〈美しい〉の中に
恣意《しい》
気ままな基準《きじゅん》によるということで

〈美意識《びいしき》〉の中に
四季
その境目《さかいめ》はあいまいになりつつあり
〈美談〉の中に
鼻《び》
鼻もちならない例もあり
〈美食家〉の中に
職《しょく》
それを売り物にして稼《かせ》いでいるむきもいて
〈美少女〉の中に
障子《しょうじ》
純《じゅん》日本風な子は近頃《ちかごろ》少なくて

ウソ

ウソという鳥がいます
ウソではありません
ホントです
ホントという鳥はいませんが

ウソをつくと
エンマさまに舌を抜《ぬ》かれる
なんてウソ
まっかなウソ

ウソをつかない人はいない
というのはホントであり

ホントだ
というのはえてしてウソであり
冗談《じょうだん》のようなホントがあり
涙《なみだ》ながらのウソがあって
なにがホントで
どれがウソやら

そこで私《わたし》はいつも
水をすくう形に両手のひらを重ね
そっと息を吹《ふ》きかけるのです
このあたたかさだけは
ウソではない　と
自分でうなずくために

とぼれる

私達夫婦《わたしたちふうふ》は昨年銀婚式《ぎんこんしき》を迎《むか》えた
「あれやっといてくれた？」と訊《き》けば
「いつでも着られますよ」と女房《にょうぼう》は答える
ワイシャツのボタンづけ　という言葉は
お互《たが》いの二十五年が省略可能《しょうりゃくかのう》にした
ということだ

夏に　庭の草とりをしようと思って
台所に行き　女房の足もとで　うす青い煙《けむり》を
のぼらせている二つの容器《ようき》入り蚊取《かと》り線香《せんこう》の
一つへ手をのばし
「これもらっていくよ」と言ったら
「あ　それ　もうすぐとぼれるから
新しいの入れてって」と言ったのだ
「とぼれる？　なにそれ」
細々と燃《も》えているものが燃え尽《つ》きることが
とぼれる　と横須賀《よこすか》に生まれ育った女房は
私に教えた
「あれ」で通じる相手から
生まれて初めて耳にする日本語が飛び出す
ということもあるのだった

すず

りんりん
と　鳴るすず
いつも誰《だれ》かが
鳴らしていて
そのひびきは地球に
絶《た》え間《ま》がないはずだ

田んぼの一隅《すみ》や
海岸や
崖《がけ》のふもとなどに
清水が湧《わ》く地点があって
それを
すず　と呼《よ》ぶ地方がある
そこは
昼も夜も
りんりんと湧いていて
絶え間がない

すずは
りんりんとしたものが
どこかで絶えずつづいていることを
告げている

愛の定義《ていぎ》

郵便《ゆうびん》受《う》けの錆《さ》びた金属《きんぞく》の唇《くちびる》が
おい
と軋《きし》んで閉《と》じた
鈍《にぶ》いハサミで開封《かいふう》してみれば
やあ
のどかなご挨拶《あいさつ》につづいて
〈愛について定義してください〉
そうですねえ
たとえば
われを忘れてつい口走ることば
でも　あらたまると定義は大儀《たいぎ》
イロハはイロからはじまって

アイウエオはアイからはじまって
夕暮《ゆうぐ》れをとっくに過《す》ぎても
人を
まだ途方《とほう》に暮れさせるもの

ほほえみ

ビールには枝豆《えだまめ》
カレーライスには福神漬《ふくじんづ》け
夕焼けには赤とんぼ
花には嵐《あらし》
サンマには青い蜜柑《みかん》の酸《す》
アダムにはいちじくの葉
青空には白鳥
ライオンには縞馬《しまうま》
富士山《ふじさん》には月見草
塀《へい》には落書
やくざには唐獅子《からじし》牡丹《ぼたん》

花見にはけんか
雪にはカラス
五寸釘《ごすんくぎ》には藁人形《わらにんぎょう》

ほほえみ　には　ほほえみ

寄《よ》せる波

寄せる波
返す波
ほんとうを申せば
わたしのアイの潮は
他動詞《たどうし》です
押《お》しやり
引きもどす
見えないお方の
お手の動きのまま
なのです

でも
あなたに寄せ
あなたを　まるごとそっくり
抱《だ》きすくめるその時は
わたしのアイは
もう
鳴らされる弦《げん》ではない
われを忘《わす》れた自動ピアノです

その時わたしたちは
お互《たが》いの
これまでとこれからのつなぎ目を
あわ立つしゃ断機《だんき》で切《き》り離《はな》し
時間を停めたまま
渦《うず》のただなかへ

タイムスリップ
その時あなたはいとしい吸血女鬼《きゅうけつ》
わたしは気のふれたジョーズ
神も仏《ほとけ》もないのです

やがて
自動詞から他動詞へ
わたしは返す波
でも　また
いつか
寄せる波

音

聞えてくる
真白い麦畑で麦を踏《ふ》んでる足音
その足あとのついた地面の下で
モグラは一瞬《いっしゅん》胸苦《むなぐる》しい夢《ゆめ》をみる

雑草《ざっそう》の根がほんの少し身体をゆする音
地下水がほんの少し勢《いきお》いを増《ま》す音

大雪
小雪
白雪
吹雪《ふぶき》
初雪
夜雪
深雪

細雪《ささめゆき》
こな雪
つぶ雪
わた雪
みず雪
かた雪
ざらめ雪
こおり雪

がたん、すうー
「だあれ戸棚《とだな》あけてるの？
おひなさま？
おひなさまはまだですよ」

鉛《なまり》の塀《へい》

言葉は
言葉に生まれてこなければよかった
と
言葉で思っている
そそり立つ鉛の塀に生まれたかった
と思っている
そして
そのあとで
言葉でない溜息《ためいき》を一つする

川崎洋さんをたずねて

二〇〇四年十月二十二日の朝刊《ちょうかん》をみて、とてもショックを受けました。二十一日に川崎さんが亡《な》くなられたと。ちょうどその週は、この詩集の編集《へんしゅう》に入ったところであり、まとまったところで、一度お会いし話をうかがおうと計画していたところだったので呆然《ぼうぜん》としてしまいました。

新しい川崎さんの動きなども書きたかったのですが、それもかなわなくなりました。残念です。以下は、一九九四年六月十二日に初めて横須賀《よこすか》でお会いし、お話を聞いたことをまとめたものです。

——塩分のまじった空気が好き

「横須賀って好きですか？」

私《わたし》は川崎さんに会ったら、まずこのことを聞こうと思っていました。

川崎さんは一九五一年から横須賀に住んでみえました。米海軍基地《きち》内に働きはじめ、川崎さんの好きな海はあるものの、私のイメージにある普通《ふつう》の海とはちがうから、横須賀にはなにかあるのかなと思っていたのでした。

「四十年以上も住んでいるから、そりゃあね。

基地がなければね……」

川崎さんは、なにか考えていらっしゃるようでした。質問《しつもん》したことを後悔《こうかい》しました。でもそれをかばってくれるかのように、海の話に関連づけてつぎつぎに話してくれました。

「海が好きだから……海の町だし……。私は東京の大森で生まれて、九州に行って、というようにずっと海の近くにいたんです。塩分の混《ま》じった空気が好きというか、なんとなく合っているのです」

「東京から電車に乗ってくると、鎌倉《かまくら》あたりで空気が変わってくるのです。そうすると安心します」

「でも、海というと私たちは沖縄《おきなわ》のサンゴの海とか、きれいな砂浜《すなはま》の海をイメージします。東京湾《とうきょうわん》だと汚《よご》れた海という感じがするのですが？」質問をしたあと、やめとけばよかったかなと思ったが、川崎さんは動じません。

「海にはいろんな海があります。透明度《とうめいど》の高い海、小笠原《おがさわら》みたいな海も知っていますし……。人間もいろんな人がいるように、いろんな海があるけど、みんなひと続きの塩水なのです」

「海は不思議だと思います。川とはちがっているし……。これが東京湾かと思うことがいっぱいあります。毎日表情《ひょうじょう》がちがって、驚《おどろ》くほどきれいなときがあります。

ほんとうは海が見えるところに住みたいんだけれど」

海をこんなに見つめている人にお会いしたのははじめてのことで、とくに、「人間もいろんな人がいるように」といわれたときは、ドキッとしたのでした。日ごろ、私も同じような人間の見方をしていたつもりでしたが、海を人間みたいにとは思ってもみなかったから。それも東京湾《とうきょうわん》の海まで。完全に打ちのめされたような気がしました。川崎さんには、いろんな海が話しかけてくるらしい。そして、たくさんの海に関する詩をつくられています。そのなかで私《わたし》の好きな詩の一つを紹介《しょうかい》します。

海で

今年の夏　ついこのあいだ
宮崎《みやざき》の海で　以下のことに出逢《であ》いました
浜辺《はまべ》で
若者《わかもの》が二人空びんに海の水を詰《つ》めているのです

（全文は52ページにあります）

はじめて読んだとき、私も川崎さんと同じでかつがれたけれど、ちっともいやな気持ちがせず、この詩が好きになってしまいました。この詩の持つ不思議さでしょう。

――マイナス面があったら引き受けよう

「基地《きち》がなければ……」ということばの意味をもう少し聞きたくなりました。川崎さんは、なにかを見つめるように、とつとつと話してくれました。

「基地があるというのは異常《いじょう》なことだと思います。朝鮮《ちょうせん》戦争のときよりずっと兵員も多くなっているのです。早く出ていってほしいと思います」

「私は軍国少年でした。それが敗戦で一八〇度変わって平和憲法《けんぽう》が制定《せいてい》されました。私は思います。奇跡《きせき》的に手に入れることができた憲法で、人類にとってとてもいいものだと。

最近、国際貢献《こくさいこうけん》だとかいわれますが、自衛隊派遣《じえいたいはけん》だとかそういうのではなく、日本のいい憲法を真似《まね》してもらうことが国際貢献になるのじゃないかと思っています」

「米軍がいることで、反対にアジアに緊張感《きんちょうかん》を与《あた》えているのです」

「ピストル一丁ない、兵器一つない日本にしたい。そのことで、マイナス面があれば引き受けようと思います」

力強く真剣《しんけん》に語る川崎さんを支《ささ》えているものは、戦争時の経験《けいけん》であったにちがいないだろうと思いました。

「私は軍国少年でした」ということばには、私の入れない川崎さんの苦い経験が関係しているのだ、きっと。

一九三〇年に東京に生まれた川崎さんは、四四年、疎開《そかい》のため、福岡県八女郡《ふくおかけんやめぐん》に転《てん》居《きょ》し、福岡県立八女中学校に転入されます。十四歳《さい》のときです。そして終戦を迎《むか》えられます。
その当時の日記が『わたしは軍国少年だった』（新潮社《しんちょうしゃ》）に載《の》せられています。その日記の一部を読んでみたいと思います。

（一九四五年）一月七日　晴　日
ルソン島リンガエン湾《わん》に上陸用舟艇《しゅうてい》百隻《せき》が上陸のすきをうかがっているとのこと。愈々《いよいよ》重大になってきた。早く俺《おれ》が甲飛《こうひ》（甲種飛行予科練習生）に入って敵艦《てきかん》を片《かた》っぱしから轟沈《ごうちん》させなくては。明日から学校だ。

（同）七月二八日　土
標識《ひょうしき》がわかるくらいまで低くやって来た米機、両翼《りょうよく》から火を噴《ふ》くように機銃《きじゅう》掃射《そうしゃ》。今日何十機と敵艦載機《かんさいき》を見て、「飛行機を」と叫《さけ》ぶ前線の声がわかった。しみじみとわかった。しかし、特攻機《とっこうき》温存《おんぞん》こそ敵の本土作戦に対する必勝の策《さく》だと思う時、この難《なん》を突破《とっぱ》してこそ、皇国《こうこく》三千年の歴史が、尊《とうと》くも永久《えいきゅう》に栄えるのだ。忍耐《にんたい》の他に何物もない。

「基地《きち》がなければ」ということばには、こうした時代の自分への深い悔恨《かいこん》があるのでしょうか。戦前の教育ではしかたのないことだったでしょうに。

一九九一年三月、朝日新聞にこんな詩を書かれました。

魂《たましい》病み

すぐに
治りますよ
お医者さんの真似《まね》で
書斎《しょさい》のわたしの椅子《いす》に
ちょこんと座《すわ》った繁樹《しげき》が
開口一番こう言った
弟の直樹《なおき》はその前で
神妙《しんみょう》にしている
わたしは
二人の孫のかたわらで
まごまごしている
すぐには
治らなかったな

中学生のころ病んでいたわたしの魂《たましい》は
それに
病んでいたことに気がついたのは
相当あとになってからだった
この間から
昭和二〇年の日記にこだわって
いまも読み返していたところ
おじいさんはね
軍国少年だったのだよ
ばりばりの

『魂病み』より

昭和二十年の日記にこだわり、何度も読み返す川崎さんだからこそ、「引き受けよう」ということばが重いと思うのです。

――おさえられた感受性《かんじゅせい》が爆発《ばくはつ》

川崎さんと詩との結びつきについて聞いてみました。

一つは、戦後、ハイネの恋愛詩《れんあいし》などが出回り、影響《えいきょう》を受けたこと。「人なみに初恋《はつこい》」をして、詩も「自然発生的」に書いたそうです。このへんの事情《じじょう》は『愛の定義《ていぎ》』に詳《くわ》しい。もう一つは、一九四六年に久留米市《くるめし》に転居《てんきょ》し、そこで丸山豊《まるやまゆたか》さんに会い、指導《しどう》を受けたことだそうです。

一九五一年に横須賀市《よこすかし》に転居されるが、「詩学」（詩学社）に投稿《とうこう》した詩が村野四郎《むらのしろう》選となり、このあたりから、本格的《ほんかくてき》な詩づくりをするようになったそうです。

「（戦争で）おさえられていた感受性が爆発」したそうです。

そして、川崎さんは、自分たちの同人誌をつくることを思いたち、茨木《いばらき》のり子さんを誘《さそ》いました。（詳しくは『茨木のり子詩集』思潮社《しちょうしゃ》の『櫂《かい》』小史」参照）。同じ「詩学」に投稿していた茨木さんの詩に感動して決めたそうです。人との出会いはまったく不思議です。

同人誌「櫂」という名には「みんなで詩の海へ漕《こ》ぎ出そう」という意味が込《こ》められているそうで、海が好きな川崎さんらしい。谷川俊太郎《たにかわしゅんたろう》さんを第二号から誘い、舟岡《ふなおか》遊治郎《ゆうじろう》さん、吉野弘《よしのひろし》さん、中江俊夫《なかえとしお》さん、友竹辰《ともたけたつ》さん、大岡信《おおおかまこと》さん、岸田衿子《きしだえりこ》さん、好川誠一《よしかわせいいち》さん、大滝安吉《おおたきやすきち》さん、飯島耕一《いいじまこういち》さん、水尾比呂志《みずおひろし》さんと広がりました。

「いちばん影響を受けたのは、やはり『櫂』の人たちです。自分でわからないぐらいに、きっと影響を受けています」

吉野弘さんもまったく同じことをいわれたことを記憶《きおく》しています。とてもいい同人関係なのでしょう。

川崎さんは、詩のほかに、放送脚本《ほうそうきゃくほん》・エッセイ・批評《ひひょう》・ノンフィクション・童話など多岐《たき》にわたる活動をしてみえます。

詩の解説《かいせつ》本も多いが、たんなる解説本ではなく、詩から川崎さん流の話に発展《はってん》するのがおもしろいのです。読者には筑摩書房《ちくましょぼう》から出ている『すてきな詩をどうぞ』『ひとときをどうぞ』『こころに詩をどうぞ』のシリーズをぜひ読んでほしいと思います。

いろいろな仕事のなかで、

「詩だけは自分で書いている」

そうです。ほかのものはやめることがあったりしても、

「詩をやめろといわれたら困《こま》る」

のです。私《わたし》の好きな詩につぎの詩があります。

どうかして

樹《き》
なんとかお前に交わる方法はないかしら
葉のしげり方
なんとかお前と

交叉《こうさ》するてだてはないかしら

（全文は24ページにあります）

吉野弘《よしのひろし》さんが『詩の楽しみ』（岩波ジュニア新書）のなかで、こういうていねいな表現をと薦《すす》められている詩です。

川崎さんは、それまでのものの存在《そんざい》が新しく感じられた時に詩が書けるそうです。「おや？」とかなにかが新鮮《しんせん》に見えたときであり、この詩では、ある日、鳥がちがった感じに見えたときに「しめた」と思ったそうです。

「表現《ひょうげん》としては意識《いしき》してはないんだけれども、こんなふうに書いてしまうんですね」

「詩を書いているかどうかわからないけれど、書きたいことを書きたいことばで書いています」

なかなか真似《まね》できない。対象に向かっての愛の深さなのでしょう。

川崎さんの、もう一つの関心に方言があります。ことばに関する著書《ちょしょ》も多いのです。

「九州に行かなかったらそういうことを考えなかった」

ということがあるそうです。最初に紹介《しょうかい》した「海で」という詩も、方言の取材のなかで生まれた詩です。ここでは、子どもたちにも読んでもらいたい詩を紹介します。

ことば

山という字を描《か》いてみせ
川という字を描いてみせ
山という字は山そのものから
川という字は川そのものから
生まれたのですよ
と説明すると
横文字の国の人々は感動する

（全文は88ページにあります）

――詩を読んだ人が想像《そうぞう》したことが正解《せいかい》です

川崎さんの「たんぽぽ」という詩が、二年生の教科書に使われています。

たんぽぽ

（教科書では）

たんぽぽが
たんぽぽが

たくさん飛んでいく
ひとつひとつ
みんな名前があるんだ
おーい　たぽんぽ
おーい　ぽぽんた
おーい　ぽんたぽ
おーい　ぽたぽん
川に落ちるな

たくさん　とんで　いく
ひとつ　ひとつ
みんな　名まえが　あるんだ
おーい　たぽんぽ
おーい　ぽぽんた
おーい　ぽんたぽ
おーい　ぽたぽん
川に　おちるな

『しかられた神さま』（理論社）より

この詩のなかの「おーい」ということばについて、川崎さんのところへ、長野県のある二年生の学級から質問《しつもん》の手紙が届《とど》けられ、それを私《わたし》に見せてくれました。たんぽぽの詩の勉強をしているうちにわからないことが出てきた、それは「おーい」というのはだれがいったかということだ、黄色いたんぽぽがいったという人と、そこにいた人がいったという人にわかれてわからなくなってしまったので、作者に聞こう、というものでした。

それに対して、川崎さんはこのような返事を出されました。

○○○○○先生と2年生のみなさんへ

お手紙を読みました。

さっそくご返事を書きます。

4＋4＝8で、正解《せいかい》は8一つです。7や9は間違《まちが》いということになります。詩のばあいは正解が一つではありません。詩を読んだ人が想像《そうぞう》したことが正解です。それが、算数と詩のちがいです。この「たんぽぽ」の詩でも、おーいと言ったのは、黄色いタンポポ、わた毛、木、お日さま、川、そこにいた人、川崎　洋さん、みんな正解です。あるいは、たまたまそこに、ほかの星から飛んできた玉虫くらいの小さな宇宙船《うちゅうせん》と考える人もいるでしょう。空の雲が言ったかもしれません。それが詩を読む楽しさの一つでもあります。

同じ音楽でも、それを聞いてとても楽しいと感じる人と、どこか少しさびしいと感じる人もいるでしょう。人それぞれなのです。そういうことを考えながら、わたしはこの詩を書きました。そういうお互《たが》いの正解を大事にしてください。

くり返しますが、詩は算数のように正解が一つというものではありません。それと、ぜひ先生にお願いしたいのですが、この詩を試験に出したりして欲しくないのです。わたしの詩が試験というかたちで生徒さんたちを苦しめると思うと、いても立ってもいられません。
以上、とりあえずご返事まで。

川崎　洋

私《わたし》たちはなにかあるといろんなところで答えを求めたがります。そのことでとくに子どもたちの芽を摘《つ》んでしまうことがありはしないでしょうか。川崎さんの手紙から学ばなくては……と思うのです。

個人的《こじんてき》なことですが、川崎さんに初めてお会いした時、雰囲気《ふんいき》が私の父親に似《に》ているなと感じました。ちょうど川崎さんが福岡《ふくおか》で過《す》ごされていた時、父親も金沢《かなざわ》から福岡に行きました。そして私が生まれた年に、川崎さんは横須賀《よこすか》に行かれたのです。どこか親しみを感じていました。

川崎さんの詩に対する厳《きび》しさや愛情《あいじょう》には、いろいろと教えていただきました。詩人の詩を作る姿勢《しせい》や、編集《へんしゅう》のことも含《ふく》めて厳《きび》しく指摘《してき》していただいたこともあります。

川崎さんに認《みと》めてもらえるような仕事をしよう！

と励《はげ》みにしてきました。まだまだ教えていただくことがたくさんあったような気がします。そして、なによりも、この選詩や編集《へんしゅう》を見てほしかったです。

川崎洋詩集『海があるということは』初出詩集一覧

『はくちょう』（書肆ユリイカ）**より**
はくちょう

『木の考え方』（国文社）**より**
どうかして、こもりうた、五月、こちら側と向う側

『川崎洋詩集』（国文社）**より**
鉛の塀

『祝婚歌』（山梨シルクセンター出版部）**より**
祝婚歌、動物たちの恐ろしい夢のなかに、音

『象』（思潮社）**より**
地下水、海をみている、海で、走る、サッカー、
ウソ、ほほえみ

『海を思わないとき』（思潮社）**より**
海、海、老年について、ことば、すず

『食物小屋』（思潮社）**より**
これから、にじ、少女の海、ジョギングの唄、
愛の定義

『現代の詩人8　川崎洋』（中央公論社）**より**
筋肉

『海』（沖積社）**より**
遠い海

『ビスケットの空カン』（花神社）**より**
とぼれる

『トカゲの話』（思潮社）**より**
海がある、許しましょうソング

『魂病み』（花神社）**より**
海

『輝け！いのちの詩』（小学館）**より**
新緑

『不意の吊橋』（思潮社）**より**
美の遊び歌

『埴輪たち』（思潮社）**より**
いま始まる新しいいま、
木々の枝が風に揺れている、
抹殺、寄せる波

詩と歩こう
川崎洋詩集　海があるということは

NDC911
A5変型判　21cm　129p
2005年3月 初版
ISBN4-652-03850-X

著者　川崎洋（かわさき・ひろし）

1930年東京生まれ。詩人としての他、テレビ、映画等のシナリオライターとしても活躍。主な作品に詩集『ゴイサギが来た』（花神社）絵本『ももたろう』（ミキハウス）など。2004年10月没。

画家　今成敏夫（いまなり・としお）

1947年群馬県生まれ。愛知教育大学美術科卒。主に風景画を描き、テレビCMやカレンダー、ポスターなどを多く手掛ける。主な作品に画集『愛のメルヘン』絵本『ペタともぐら』などがある。

選者・著者　水内喜久雄（みずうち・きくお）

1951年福岡県生まれ。主な著書として『けむし先生はなき虫か』（大日本図書）『輝け！いのちの詩』（小学館）『おぼえておきたい日本の名詩100』（たんぽぽ出版）『詩は宇宙』全6巻（ポプラ社）などがある。

著　者　　川崎洋
画　家　　今成敏夫
選者・著者　水内喜久雄
発行者　　内田克幸
発行所　　株式会社 理論社
〒101-0062
東京都千代田区神田駿河台2-5
電話　営業 03-6264-8890
　　　編集 03-6264-8891
URL　https://www.rironsha.com

2020年9月第6刷発行

シリーズデザイン　はた　こうしろう

©2005 Kazue Kawasaki, Toshio Imanari, Kikuo Mizuuchi　Printed in Japan

落丁・乱丁本は送料小社負担にてお取り替え致します。
本書の無断複製（コピー、スキャン、デジタル化等）は著作権法の例外を除き禁じられています。
私的利用を目的とする場合でも、代行業者等の第三者に依頼してスキャンやデジタル化することは認められておりません。